The Clever Boy and the Terrible, Dangerous Animal

by

Idries Shah

ہوشیار لڑکا اور بھیانک،

خطرناک جانور

تحریر: ادریس شاہ

First English Hardback Edition 2000, 2005
English Paperback Edition 2005, 2011, 2015
This English-Urdu Paperback Edition 2016

ISBN: 978-1-942698-74-6

HOOPOE®

www.hoopoekids.com

Published by Hoopoe Books,
a division of The Institute for the Study of Human Knowledge

Library of Congress Cataloging-in-Publication Data
Shah, Idries, 1924–
        The clever boy and the terrible, dangerous animal / written by Idries Shah ; illustrated by Rose Mary Santiago.-- 1st ed.
        p. cm.
        Summary: A Sufi teaching tale of a boy who visits another village and helps the townspeople deal with their fear of something that they have mistaken for a terrible, dangerous animal.
        ISBN 1-883536-18-9
        [1. Folklore.] I. JSantiago, Rose Mary, ill. II. Title.

PZ8.S47 C1 2000
398.22--dc21
[E]
                                                                            99-051483

ABOUT HOOPOE BOOKS BY IDRIES SHAH

These books share not only wonderful folk stories from a region not often represented in current children's literature, but there is also an innate potential in them for supporting skills such as prediction, critical thinking, and social/emotional development skills of demonstrating empathy and conflict resolution. This is all done with humor, bold attractive art and a strategic use of vocabulary.

Laurie Noe, Professor of Early Childhood Ed., Housatonic Community College, Bridgeport, CT

These stories, with improbable events that lead the reader's mind into new and unexplored venues, allow her or him to develop more flexibility and to understand this complex world better.

Library of Congress Lecture by psychologist Robert Ornstein

ادریس شاہ کی تصنیف کردہ ہوپو بکس کے بارے میں

"نہ صرف یہ کتابیں عمدہ لوک کہانیاں بتاتی ہیں اس علاقے کی جو کہ عموماً آج کل کے بچوں کے ادب میں نہیں پائی جاتیں، بلکہ اس کے علاوہ ان میں ایک اندرونی پوشیدہ طاقت ہے کہ یہ مختلف قابلیتوں کو بڑھاتی ہیں جیسے کہ پیشین گوئی کرنا، تنقیدی سوچ، اور ہمدردی ظاہر کرنے اور تنازعات حل کرنے کی معاشرتی اور جذباتی مہارتوں کی پختگی۔ اور یہ سب مزاح، رنگ برنگی پرکشش تصاویر اور لفظیات کے تدبیری استعمال کے ساتھ کیا گیا ہے۔"

لوری نو، پروفیسر آف ارلی چائلڈ ہوڈ ایجوکیشن، ہوساٹونک کمیونٹی کالج، برجپورٹ، کنیکٹیکٹ

"یہ کہانیاں، جن کے اندر غیر یقینی واقعات پڑھنے والے کے ذہن کو نئی اور انجانی جگہوں پر لے جاتے ہیں، پڑھنے والے یا پڑھنے والی میں زیادہ لچکداری پیدا کرنے اور اس پیچیدہ دنیا کو بہتر سمجھنے میں ان کی مدد کرتی ہیں۔"

رابرٹ آرنسٹین کا لائبریری آف کانگریس لیکچر

Once upon a time there was a very clever boy who lived in a village. Nearby was another village that he had never visited. When he was old enough to be allowed to go about on his own, he thought he would like to see the other village.

ایک دفعہ کا ذکر ہے کہ ایک بہت ہوشیار لڑکا ایک گاؤں میں رہتا تھا۔ قریب ہی ایک دوسرا گاؤں تھا جہاں وہ کبھی نہیں گیا تھا۔

جب وہ اتنا بڑا ہو گیا کہ اسے اکیلے جانے کی اجازت مل سکتی تھی، اس نے سوچا کہ وہ دوسرا گاؤں دیکھے۔

So one day, he asked his mother if he could go, and she said, "Yes, as long as you look both ways before you cross the road. You must be very careful!"

The boy agreed and set off at once. When he got to the side of the road, he looked both ways. And because there was nothing coming, he knew he could cross safely.

And that's just what he did.

Then he skipped down the road towards the other village.

تو ایک دن اس نے اپنی امی سے پوچھا کہ کیا وہ جاسکتا ہے، اور امی نے کہا، 'ہاں، مگر اس شرط پر کہ تم سڑک پار کرنے سے پہلے دونوں طرف دیکھو گے۔ تمھیں بہت احتیاط رکھنی ہو گی!'

لڑکے نے ہاں کی اور وہ فوراً روانہ ہو گیا۔ جب وہ سڑک کے کنارے پہنچا، اس نے دونوں طرف دیکھا۔ اور چونکہ کچھ بھی نہیں آرہا تھا، وہ جانتا تھا کہ وہ خیریت سے سڑک پار کر سکتا تھا۔

اور اس نے بالکل ایسا ہی کیا۔

پھر وہ سڑک پر اچھلتے کودتے ہوئے دوسرے گاؤں کی طرف چلا گیا۔

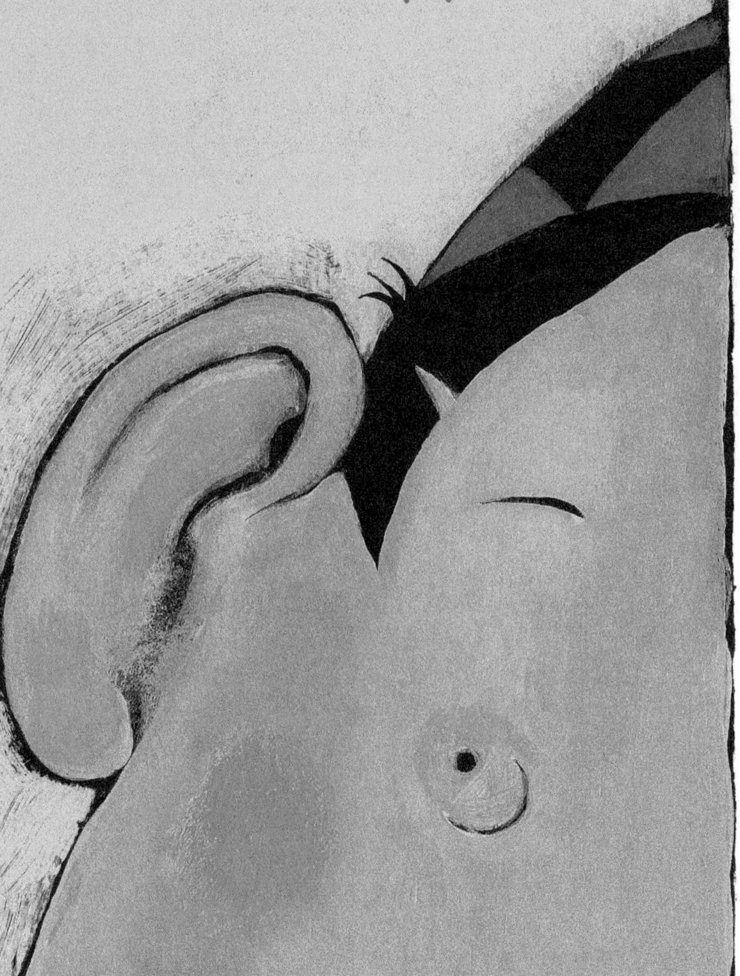

Just outside that village he came upon a crowd of people who were standing in a field, and he went up to them to see what they were doing. As he drew near, he heard them saying "Oooo" and "Ahhh" and "Ohhh," and he saw that they looked quite frightened.

He went up to one of the men and said, "Why are you saying 'Oooo' and 'Ahhh' and 'Ohhh,' and why are you all so frightened?"

"Oh dear me!" said the man. "There is a terrible, dangerous animal in this field, and we are all very frightened because it might attack us!"

اس گاؤں کے ذرا باہر ایک کھیت میں اسے لوگوں کی ایک بھیڑ ملی، اور وہ ان کے پاس یہ دیکھنے کے لیے گیا کہ وہ کیا کر رہے ہیں۔ جیسے ہی وہ قریب آیا، اس نے انہیں 'اووو' اور 'آہ' اور 'اوہ' کہتے ہوئے سنا، اور اس نے دیکھا کہ وہ کافی خوفزدہ دکھائی دے رہے تھے۔

وہ ان میں سے ایک آدمی کے پاس گیا اور اس نے کہا، 'آپ کیوں "اووو" اور "آہ" اور "اوہ" کہہ رہے ہیں، اور آپ سب اتنے خوفزدہ کیوں ہیں؟'

'اف!' آدمی نے کہا۔ 'اس کھیت میں ایک بھیانک، خطرناک جانور ہے، اور ہم اتنے خوفزدہ اس لیے ہیں کہ ہمیں ڈر ہے کہ وہ شاید ہم پر حملہ کر دے۔'

"Where is the terrible, dangerous animal?" asked the boy, looking around.

"Oh! Be careful! Be careful!" cried the people.

But the clever boy asked again, "Where is the terrible, dangerous animal?"

And so the people pointed to the middle of the field.

And when the boy looked where they pointed, he saw a very large ...

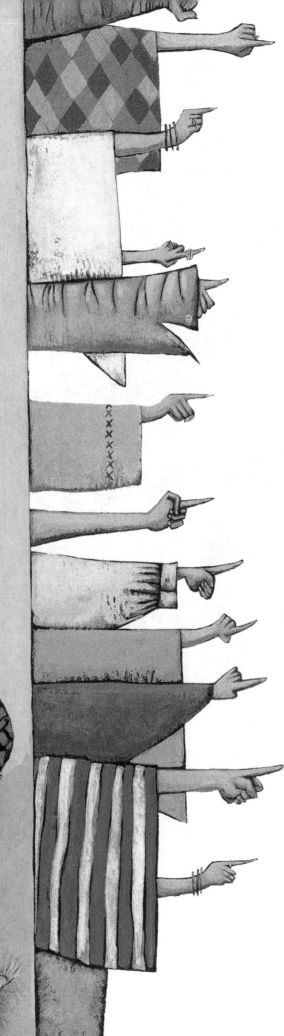

'یہ بھیانک، خطرناک جانور کہاں ہے؟' لڑکے نے اِدھر اُدھر دیکھتے ہوئے پوچھا۔

'اوہ! احتیاط رکھو! احتیاط رکھو!' لوگ چلائے۔

لیکن ہوشیار لڑکے نے پھر پوچھا، 'یہ بھیانک، خطرناک جانور کہاں ہے؟'

تو لوگوں نے کھیت کے بیچ کی طرف اشارہ کیا۔

اور جب لڑکے نے اُدھر نظر کی جہاں لوگ اشارہ کر رہے تھے، تو اس نے دیکھا ایک بہت بڑا۔۔۔

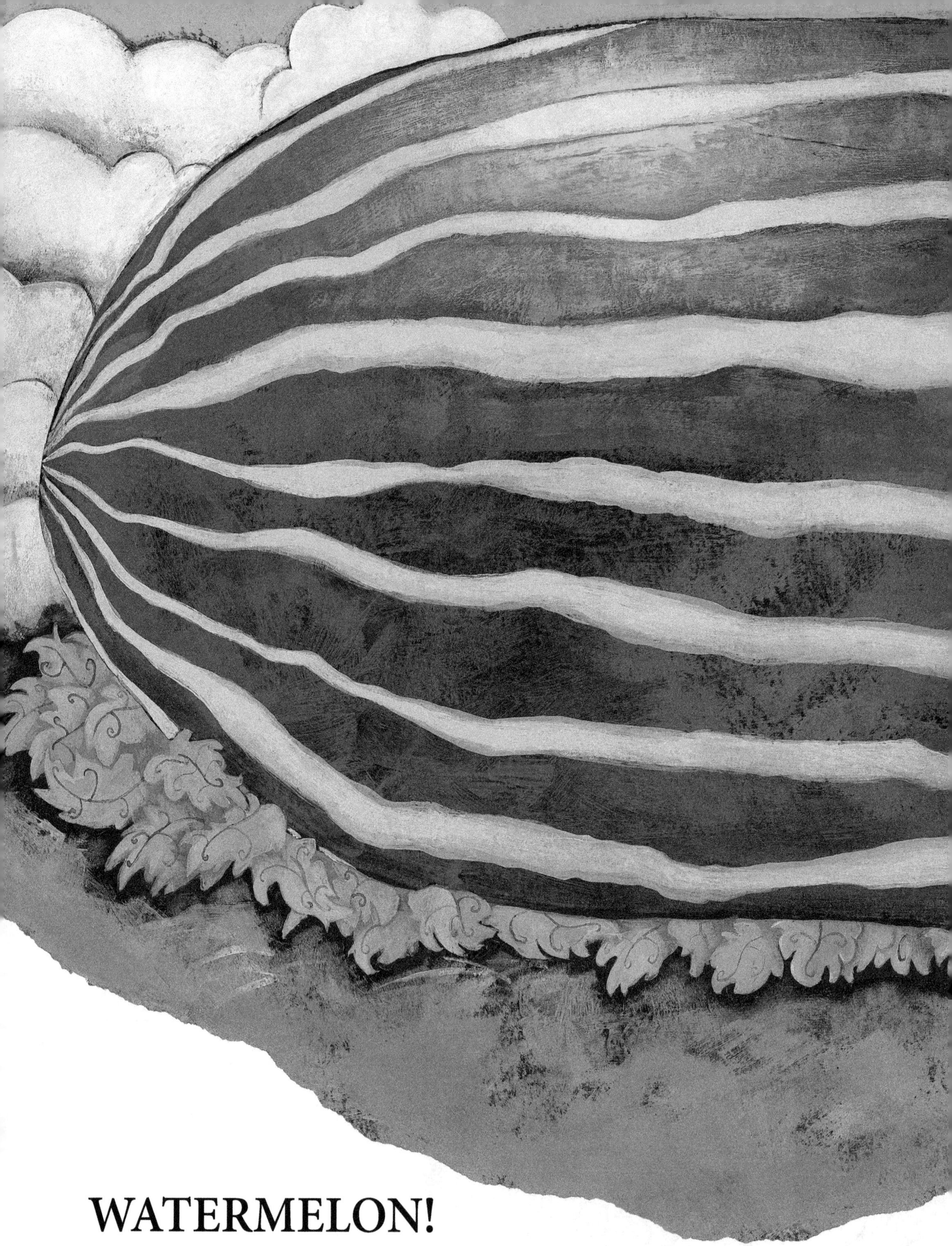

WATERMELON!

تربوز!

"That's not a terrible, dangerous animal!" laughed the boy.

"Yes, it is! It is!" cried the people. "Keep away! It might bite you!"

Now the boy saw that these people were very silly indeed, so he said to them, "I'll go and kill this dangerous animal for you."

"No, no!" cried the people. "It's too terrible! It's too dangerous! It might bite you! Oooo! Ahhh! Ohhh!"

But the boy went right up to the watermelon, took a knife out of his pocket, and cut a large slice out of it.

'یہ تو کوئی بھیانک،
خطرناک جانور نہیں ہے!'
لڑکے نے ہنس کر کہا۔

'ہاں وہ ہے! وہ ہے!'
لوگوں نے پکارا۔ 'دور رہو!
وہ کہیں تمہیں کاٹ نہ لے!'

اب لڑکے نے دیکھا کہ
یہ لوگ تو واقعی بہت بیوقوف
تھے، تو اس نے ان سے کہا،
'میں آپ کے لیے جا کر اس
خطرناک جانور کو مار ڈالوں گا۔'

'نہیں، نہیں!' لوگ چلائے۔
'وہ بہت بھیانک ہے! وہ بہت
خطرناک ہے! وہ شاید تمہیں
کاٹ لے! اووو! آہ! اوہ!'

مگر لڑکا سیدھا تربوز تک
چلا گیا، اس نے اپنی جیب سے
ایک چھری نکالی، اور تربوز میں
سے ایک بڑا سا ٹکڑا کاٹ لیا۔

The people were astonished.

"What a brave boy!" they said.

"He's killed the terrible, dangerous animal!"

As they spoke, the boy took a bite out of the large slice of watermelon.

It tasted delicious!

لوگ حیران رہ گئے۔

'کتنا بہادر لڑکا ہے!' انہوں نے کہا۔

'اس نے بھیانک، خطرناک جانور کو مار ڈالا ہے۔'

جیسے وہ بات کر رہے تھے، لڑکے نے تربوز کے بڑے ٹکڑے کو چکھا۔

وہ بہت ہی مزیدار تھا!

"Look!" cried the people. "Now he's eating the terrible, dangerous animal! He must be a terrible, dangerous boy!"

As the boy walked away from the middle of the field, waving his knife and eating the watermelon, the people ran away, saying, "Don't attack us, you terrible, dangerous boy. Keep away!"

'دیکھو!' لوگ چلائے۔ 'اب وہ بھیانک، خطرناک جانور کو کھا رہا ہے!
یہ تو ایک بھیانک، خطرناک لڑکا ہے!'

جیسے ہی لڑکا اپنی چھری گھماتے ہوئے اور تربوز کھاتے ہوئے چلنے لگا،
تو لوگ بھاگے، یہ کہتے ہوئے کہ، 'ہم پر حملہ مت کرو، اے بھیانک،
خطرناک لڑکے۔ **دور رہو!**'

At this the boy laughed again. He laughed and laughed and laughed. And then the people wondered why he was laughing, so they crept back.

"What are you laughing at?" they asked timidly.

"You're such a silly lot of people," said the boy. "You don't know that what you call a dangerous animal is just a watermelon."

اس پر لڑکا پھر سے ہنسا۔ وہ ہنسا اور ہنسا اور ہنسا۔ اور پھر لوگوں نے سوچا کہ وہ کیوں

ہنس رہا ہے، تو وہ دبے پاؤں چلتے ہوئے واپس آئے۔

'تم کس بات پر ہنس رہے ہو؟' انہوں نے

ڈرتے ہوئے پوچھا۔

'تم سب کتنے بیوقوف لوگ ہو،'

لڑکے نے کہا۔

'تم نہیں جانتے کہ جسے تم

خطرناک جانور کہتے

ہو وہ تو صرف ایک

تربوز ہے۔'

"Watermelons are very nice to eat.
We've got lots of them in our village and
everyone eats them."

'تربوز کھانے میں بڑے اچھے ہوتے ہیں۔ ہمارے
پاس گاؤں میں بہت سارے تربوز ہیں اور سب انہیں کھاتے ہیں۔'

Then the people became interested, and someone said, "Well, how do we get watermelons?"

"You take the seeds out of a watermelon and you plant them like this," he said, putting a few of the seeds in the ground. "Then you give them water and look after them. And after a while, lots and lots of watermelons will grow from the seeds."

پھر لوگوں کو دلچسپی ہوئی، اور کسی نے پوچھا 'اچھا، ہمیں تربوز کس طرح مل سکتے ہیں؟'
'آپ تربوز سے بیج نکالیں اور آپ انہیں زمین میں اس طرح بوئیں،' اس نے زمین میں
کچھ بیج ڈالتے ہوئے کہا۔

'پھر آپ انہیں پانی دیں اور ان کی دیکھ بھال کریں۔ اور کچھ عرصہ بعد، بہت، بہت
سارے تربوز ان بیج میں سے اگیں گے۔'

So the
people did
what the boy
showed them.

تو لوگوں نے وہ
کیا جو لڑکے نے
انہیں دکھایا۔

And now, in all the fields of that village,
they have lots, and lots, and lots of watermelons.

اور اب، اس گاؤں کے تمام کھیتوں میں ان کے پاس بہت، بہت، بہت سارے تربوز ہیں۔

They sell some, and they eat some,

and they give some away.

کچھ وہ بیچ دیتے ہیں، اور کچھ وہ کھا لیتے ہیں
اور کچھ وہ بانٹ لیتے ہیں۔

And that's why their village is called

Watermelon Village.

WELCOME TO WATERMELON VILLAG

اور اسی لیے ان کے گاؤں کا نام

تربوز گاؤں ہے۔

تربوز گاؤں خوش آمدید

And just think. It all happened because a clever boy was not afraid when a lot of silly people thought something was dangerous just because they had never seen it before.

اور ذرا سوچو۔ یہ سب اس لیے ہوا کیونکہ ایک ہوشیار لڑکا نہیں ڈرا جب بہت سارے بیوقوف لوگوں نے سوچا کہ کوئی چیز خطرناک تھی صرف اس لیے کہ انہوں نے اسے پہلے کبھی نہیں دیکھا تھا۔

Paperbag Puppets
کاغذ کی تھیلیوں سے بنی ہوئی پتلیاں

Finger Puppets
انگلیوں پر پہنی گئی پتلیاں

FUN PROJECTS FOR HOME AND SCHOOL

CREATE PUPPETS WITH YOUR CHILDREN
AND RETELL THIS STORY TOGETHER!

VISIT OUR WEBSITE AT:

http://www.hoopoekids.com/fun-projects-for-home-and-school

for a free downloadable Teacher Guide to use with this story, as well
as colorful posters and step-by-step instructions on how to make Finger
Puppets, Paperbag Puppets, and Felt Characters from this
and other titles in this series.

گھر اور اسکول کے لیے مزے دار کام

اپنے بچوں کے ساتھ پتلیاں بنائیے اور ان کے ساتھ مل کر
اس کہانی کو اپنے الفاظ میں بتائیے!

اس کہانی کے ساتھ استعمال کرنے کے لیے مفت ڈاؤنلوڈیبل ٹیچر گائڈ اور اس کے علاوہ رنگ برنگی
پوسٹر اور انگلیوں پر پہنی گئی پتلیوں، کاغذ کی تھیلیوں سے بنی ہوئی پتلیوں اور فیلٹ کپڑے کے
بنے ہوئے اس کہانی اور اس سیریز کی دوسری کہانیوں کے کردار بنانے کے آسان طریقوں کے لیے
ہماری ویب سائٹ پر جائیے:

http://www.hoopoekids.com/fun-projects-ur

If you enjoyed this story, you may also like:

وہ شیر جس نے خود کو پانی میں دیکھا

تحریر: ادریس شاہ

شیر، جنگل کا بادشاہ، اپنی زوردار دہاڑ سے سب کو ڈرا دیتا ہے۔ ایک دن وہ پانی کی تلاش میں نکل جاتا ہے کیونکہ وہ بہت، بہت پیاسا ہوتا ہے۔ جیسے وہ پانی پینے کے لیے اپنا سر جھکاتا ہے، وہ پانی میں ایک دوسرے خونخوار شیر کو دیکھتا ہے، جو اسے گھور رہا ہوتا ہے۔ وہ ڈر کے مارے پانی نہیں پی سکتا، لیکن اسے شدید پیاس لگی ہے...۔وہ کیا کر سکتا ہے؟

'انکساری اور ہمدردی کا سبق۔ یہ کہانی بتاتی ہے کہ کچھ چیزیں کس طرح غلط فہمی کا شکار ہو جاتی ہیں۔ یہ کہانی معاشرتی اور جذباتی پختگی کو سہارا دیتی ہے۔'

برنی، ہایر ہورائزنز ہیڈ سٹارٹ، فالز چرچ، ورجینیا میں ایک استاد۔

The Lion Who Saw Himself in the Water

By Idries Shah

The lion, King of the Jungle, terrifies everyone with his loud roar. One day he goes in search of water because he's very, very thirsty. As he bends his head to drink, he sees that there's another fierce lion in the water, glaring back at him. He's too frightened to drink, but he's so thirsty ... what can he do?

"... a lesson in humility and empathy. This story talks about how some things can be misinterpreted. It supports social and emotional development."

- Burney, a teacher for Higher Horizons Head Start, Falls Church, VA

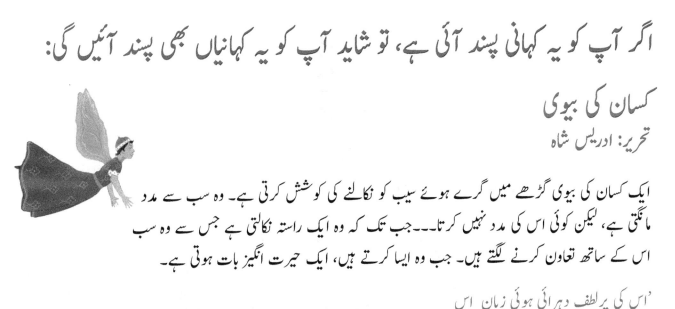

اگر آپ کو یہ کہانی پسند آئی ہے، تو شاید آپ کو یہ کہانیاں بھی پسند آئیں گی:

کسان کی بیوی

تحریر: ادریس شاہ

ایک کسان کی بیوی گڑھے میں گرے ہوئے سیب کو نکالنے کی کوشش کرتی ہے۔ وہ سب سے مدد مانگتی ہے، لیکن کوئی اس کی مدد نہیں کرتا۔۔۔جب تک کہ وہ ایک راستہ نکالتی ہے جس سے وہ سب اس کے ساتھ تعاون کرنے لگتے ہیں۔ جب وہ ایسا کرتے ہیں، ایک حیرت انگیز بات ہوتی ہے۔

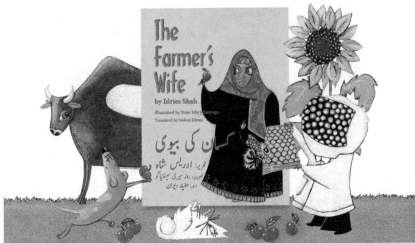

'اس کی پرلطف دہرائی ہوئی زبان اس کو پڑھنے کے لیے تیاری اور ابتدائی پڑھنے کی صلاحیت کو بڑھانے کا ایک بہترین ذریعہ بناتی ہے۔'

ڈینیس نیسیل، پی ایچ ڈی، نیشنل اربن الائنس فار ایفکٹیو ایجوکیشن

The Farmer's Wife

By Idries Shah

A farmer's wife tries to get an apple out of a hole in the ground. She asks everyone to help her, but nobody does... until she comes up with a way that gets them all cooperating. Once they do, an amazing thing happens.

"Its pleasantly repetitive language makes it an ideal tool for developing reading readiness and beginning reading skills."

- Denise Nessel, Ph.D., National Urban Alliance for Effective Education

HOOPOE®

www.hoopoekids.com

HOOPOE BOOKS BY IDRIES SHAH

ادریس شاہ کی تحریر کردہ ہوپو بکس

The Farmer's Wife	کسان کی بیوی
The Lion Who Saw Himself in the Water	وہ شیر جس نے خود کو پانی میں دیکھا
The Silly Chicken	بیوقوف مرغا
The Clever Boy & the Terrible, Dangerous Animal	ہوشیار لڑکا اور بھیانک، خطرناک جانور
The Old Woman and the Eagle	بوڑھی عورت اور عقاب
The Boy Without a Name	بے نام لڑکا
The Man and the Fox	آدمی اور لُومڑ
Neem the Half-Boy	نیم، آدھا لڑکا
Fatima the Spinner and the Tent	فاطمہ کاتنے والی اور شامیانہ
The Magic Horse	جادو کا گھوڑا

For the complete works of Idries Shah visit:

www.idriesshahfoundation.org

ادریس شاہ کی تمام تحریر کردہ کتابوں کے لیے

www.idriesshahfoundation.org

جائیے